LA
GUERRE D'ORIENT

POÊME

PAR M. LE BARON DU CASSE.

PARIS,

E. DENTU, LIBRAIRE,

PALAIS—ROYAL.

1858.

LA

GUERRE D'ORIENT.

LA
GUERRE D'ORIENT

POÊME

PAR M. LE BARON DU CASSE.

PARIS,

E. DENTU, LIBRAIRE,

PALAIS-ROYAL.

1858.

AVANT-PROPOS.

Un critique aussi judicieux que spirituel, M. Édouard Thierry, s'occupant dernièrement, dans le *Moniteur*, des résultats du concours de poésie ouvert, cette année, par l'Académie française, écrivait :

« La littérature s'est plainte, l'année dernière,
« d'avoir concouru inutilement pour un prix qui n'a
« pas été donné. Le prix a été donné l'autre mois ;
« elle se plaint maintenant de ce qu'il a été donné à
« celui-ci plutôt qu'à celui-là, et chacun de ce qu'il
« ne lui a pas été donné à lui-même. On se hâte de
« se faire imprimer, on écrit des préfaces, on en ap-
« pelle tout haut et tout bas au public ; après avoir
« accepté l'Académie pour juge, on la recuse, on la
« prend en faute d'insuffisance et de mauvais vouloir,
« on la signale de nouveau comme hostile aux lettres
« vivantes, on s'excite à la déclarer déchue du droit

« de critique, on agite jusqu'à sa clientelle, on met
« le trouble dans son pensionnat, tant il est vrai qu'il
« ne faut pas jouer avec l'amour-propre des poètes,
« et qu'il n'y a de concours sans douleurs que les
« concours sans concurrents sérieux. »

— Un peu plus loin :

« Il ne faut pas s'exposer au coup de dés des con-
« cours quand on n'est pas disposé à accepter la
« perte sans se plaindre, comme on fait à une loterie.
« Aucun jury littéraire n'est infaillible ; mais un poète
« mal satisfait peut-il espérer d'être meilleur juge dans
« sa cause qu'une réunion d'hommes éminents et
« désintéressés ? » (1)

(1) Personne n'ignore, en effet, que la première, la plus
inviolable loi (du moins le programme le dit) des concours
académiques exige qu'un secret absolu couvre le nom des
concurrents jusqu'après l'énoncé du jugement. Nous avons
donc peine à bien comprendre ce que veut dire *M. de Sainte-
Beuve* dans un article inséré le 28 juin, au *Moniteur*, lorsqu'il
parle d'un aspirant au prix de poésie, qui, après *avoir solli-
cité..... un à un ses juges*, aurait obtenu, au sein de l'Académie,
une double et triple lecture de ses vers, *lecture très-bien faite*
et *trop bien faite*, ajoute même, on ne sait pourquoi, l'hono-
rable académicien. Un juge peut-il donc jamais *trop bien faire*,
en cherchant à éclairer sa conscience ?

Ne semble-t-il pas évident, après avoir lu ces quelques lignes si sensées, qu'un seul parti convenable reste à prendre aux vaincus de la dernière lutte académique; celui de courber silencieusement la tête devant l'arrêt qui les a frappés? Telles ne sont pas cependant les conclusions que pose à ses réflexions notre éminent critique, car applaudissant *quand même* au courage d'un poète qui, en se faisant imprimer, *n'a pas voulu être enseveli parmi les morts du concours*, il termine ainsi :

« Que diraient les peintres, que diraient les sta-
« tuaires, si le jury du salon ne montrait au public
« qu'un seul tableau, qu'une statue d'honneur? et
« pourquoi les poètes n'auraient-ils pas aussi cette
« exposition générale où chacun se présente avec son
« talent, et où les vaincus participent à la victoire?. »

J'ai voulu être, jusqu'au bout, de l'avis de M. Édouard Thierry, et voilà pourquoi je publie mes vers.

D.

LA
GUERRE D'ORIENT.

Une injustice faite à un seul est une menace
faite à tous.

MONTESQUIEU.

Nous sortions du Bosphore, et dans son vol rapide,
Le vaisseau nous portait aux bords de la Tauride,
Lorsqu'au vague horizon de la mer et des cieux,
Sébastopol la russe apparut à nos yeux...
Mais la vapeur bientôt rapprocha le rivage,
L'on toucha terre, et moi, pieux pélerinage!...
Pensif et recueilli je dirigeai mes pas
Vers les tombeaux sacrés de nos braves soldats :
Car c'est un devoir saint que chacun pleure et prie
Pour celui-là qui meurt, en servant la patrie.....
          Calmes, déserts, silencieux,
Devant moi, cependant, se déroulaient les lieux
Qu'en des chocs insensés bouleversaient naguère
Les éclats, les fureurs, les rages de la guerre.
O combats de géants, vastes luttes d'honneur,
Assemblage inoui de sublime et d'horreur,
Où si grande et si belle apparaît la Victoire,
Que la défaite même est encor de la gloire!

Inkermann, Malakoff, l'Alma, Balaclava,
Noms rivaux des vieux noms d'Ulm, de la Moscova,
Laissez pour un moment, oh ! laissez ma mémoire
En face interroger votre étonnante histoire...

. . . .

Du faible menacé pour protéger les droits,
Représentant de Dieu la justice éternelle,
　　La France grave et solennelle
　Avait parlé... l'on méconnut sa voix.....
Ne voulant plus prier, elle dicta des lois.....

« Ainsi donc cachant mal sa secrète pensée,
« Et rêvant le retour d'une gloire passée
« La France, avec son aigle, arbore de nouveau
« De ses anciens projets l'ambitieux drapeau.
« Frémissante, agitée en l'étroite frontière
« Où, depuis Waterlo, la retient prisonnière
　　« L'ordre absolu des peuples et des rois,
« Elle veut s'affranchir, mais pour la téméraire
« Point d'espoir, car l'Europe est toujours solidaire
　　　« Des traités d'autrefois. »

　De quelques-uns telle était la croyance
Et sur ce vain espoir fondant sa confiance,
Le Russe indolemment se prit à sommeiller...
Bientôt un coup de foudre allait le réveiller...
　　Voici que la vieille Angleterre,
De tous nos ennemis l'éternel boulevard,
Abdiquant noblement sa haine séculaire,

De l'œuvre de justice a demandé sa part
Et vient à nos drapeaux unir son étendart.
Au bruit inattendu de la grande alliance,
Du potentat du Nord la fière insouciance
S'est émue... il se trouble, il pâlit et en vain
Sur sa lèvre plissée où sans cesse il expire
S'efforce de fixer le grimaçant sourire
       D'un apparent dédain...
Mais comment retracer les transports, la colère
De l'homme couronné que, depuis vingt-neuf ans,
De son palais d'hiver les mille courtisans
A genoux, proclamaient le maître de la terre,
Lorsqu'aux bords de l'Alma, la menaçante voix
Par qui Dieu, si souvent, confond l'orgueil des rois,
S'élevant tout-à-coup, du fond de la Crimée
Vint lui crier : César, pleure sur ton armée !

. . . .

. . . .

A quelques jours de là, brisé par la douleur,
Et, comme il le disait, *atteint au fond du cœur*,
Le puissant Czar mourait... pour calmer sa souffrance,
      A ses derniers instants,
Autour de lui pressés, ses amis, ses enfants
Voulaient encor parler de gloire et d'espérance,
Mais ces mots dans son cœur n'éveillaient déjà rien...
L'Empereur n'était plus, restait seul le chrétien...

. . . .

    Cependant du grec-moscovite

La politique adroite, affairée, hypocrite,
Déjà, depuis longtemps, en incessants efforts
S'agite et de la ruse active les ressorts
Pour délier le nœud dont l'étreinte resserre
Dans un même intérêt la France et l'Angleterre.
L'on n'a pas pu nous vaincre, on veut nous désunir !
Mais brisant d'un seul coup ces trames ténébreuses,
Dans les champs d'Inkermann, des clameurs généreuses
Au grand éclat du jour, viennent de retentir...
« L'Anglais est en danger, sauvons, sauvons nos frères ! »
Et bientôt, comme on voit, dans leurs deux chocs contraires,
D'un fougueux vent d'hiver les puissants tourbillons
Fouler de l'Océan la vague rugissante ;
Des *zouaves* ainsi l'on voit les bataillons
Qu'entraîne de *Bosquet* la valeur bouillonnante,
Choquer, rompre et chasser le flot toujours montant
Des fiers soldats du Nord, dont le bras insolent
Croyait saisir déjà, pour le traîner à terre,
L'immaculé drapeau de la grande Angleterre.
Non, non, rien désormais n'arrêtera le cours
De l'œuvre commencée ! en vain l'aigle à deux têtes
Haletante, aux abois, va voir à son secours
Accourir les frimats; et les noires tempêtes,
    Au sein des vastes eaux
De l'Euxin courroucé, disperser nos vaisseaux.
    C'est vainement encore
Qu'en nos camps désolés, le hideux choléra,
    Ce monstre qui dévore

D'une prodigue main, nuit et jour sémera
Le germe empoisonné de plus de funérailles
Qu'on n'en saurait compter aux grands champs de batailles ;
C'est vainement enfin, que le *Vauban* du Nord,
Le savant *Tottleben*, active sentinelle,
Usera son génie à défendre l'abord
        De la robuste citadelle
Qui nouvelle *Ilion*, dans ses hauts murs recèle
De l'effroyable lutte et l'honneur et le sort ;
De nos mâles soldats la valeur surhumaine,
Endurcie aux labeurs de la vie africaine
A pu tout surmonter. Le cercle menaçant
Où le Russe s'agite éperdu, rugissant,
    Toujours, toujours s'amoindrit, se resserre
Et bientôt de la France on verra les couleurs,
Arc-en-ciel de l'espoir pour la fin de la guerre,
De Malakoff en feu couronner les hauteurs.

. . . .

. . . .

Voici venir enfin la terrible journée
Où du suprême assaut l'assurance est donnée.
Voyez, voyez là-bas... sous un souffle de mort
Des peuples alliés se dresser les bannières,
      Et comme d'un commun accord,
Des quatre camps amis s'entrouvrir les barrières.
En dehors, avec ordre et sans presser le pas,
Se groupent fièrement des masses de soldats

Plus serrés que les blés, aux approches d'automne,
Si nombreux que l'œil même à les compter s'étonne :
Le gai soldat de France, insouciant, railleur,
Le grave Musulman au visage sévère,
Et l'impassible enfant de la calme Angleterre
Et des bords du Tésin le brillant tirailleur,
Différant tous entr'eux de mœurs, de caractère;
Mais tous également semblables par le cœur...
Commandant du regard le respect, le silence,
Seul, en avant de tous, un homme est arrêté.
Du rebelle africain dompteur si redouté,
C'est *Pélissier* le chef des guerriers de la France.
Son front paraît rêveur... le rude et vieux soldat
Qui n'eut jamais qu'un but : le devoir et la gloire,
Hésiterait-il donc sur le seuil du combat,
En songeant à quel prix s'obtiendra la victoire ?
Mais non... d'un geste bref, impérieux, sa main
       Fait un signe ; Soudain
Le clairon frappe l'air, tout s'ébranle et s'élance,
Le bronze a retenti ; l'œuvre de mort commence...
    Ô misère, ô folie ! ô malheureux humains,
De vous entr'égorger, enfants d'un même père,
Quand donc se lasseront vos fratricides mains ?
Quand donc viendra, mon Dieu, la fin de toute guerre ?
Combien de temps, mon Dieu, ta terrible colère
Laissera-t-elle encor s'ouvrir, toujours s'ouvrir
Ce gouffre insatiable où les fils de la terre

N'ont, depuis six mille ans, et sans jamais l'emplir,
Cessé de voir leur sang et leurs pleurs s'engloutir?

. . . .

Quel effrayant tableau ! quel immense carnage !
Non, les siècles de fer n'offrent pas une page
Qui par plus de douleur réunie à la fois
Puisse de la pitié faire gémir la voix !
Mais qui pense au malheur sur un champ de victoire,
Lorsque tout est transport, enivrement de gloire,
   Lorsque l'homme étonné
Du pouvoir de son bras, étonné de lui-même
   S'exhausse en son orgueil extrême,
Jusqu'à se croire égal à la divinité ?...
  Ah ! si jamais, du moins, héroïque prouesse
   Dans l'âme du guerrier vainqueur
   A dû jeter cette fiévreuse ivresse
    D'orgueil et d'insensé bonheur,
    Ce fut à ce moment sublime
Où percé de cent coups, noble et sacré lambeau,
Du brave *Mac-Mahon* l'audacieux drapeau
De Malakoff conquis se planta sur la cime...
Sans toucher à ce but où tendaient leurs efforts,
Combien de nos soldats mordirent la poussière !...
Et le feu balayait la sanglante carrière
Et les morts par milliers s'entassaient sur les morts,
Mais toujours du clairon la voix retentissante
Aux soldats en délire ordonnait de monter,

Et toujours, des soldats la masse renaissante,
Sans trève, flots sur flots, venait se présenter,
Par un choc incessant fatiguait la mort même
Et débordait enfin, dans un élan suprême,
Par delà les remparts qui voulaient l'arrêter.

. . . .

. . . .

. . . .

Ainsi, j'allais semant, au hasard dispersées
Sur ces grands souvenirs, mes brûlantes pensées,
Et les heures fuyaient, et le soleil penchant
Vers l'extrême horizon, atteignait son couchant ;
Tout-à-coup, un long mur, mystérieuse enceinte,
S'offrit à mon regard. Comme frappé de crainte
Mon guide tressaillit, puis arrêtant ses pas :
« Entrez, vous seul, dit-il, là dorment vos soldats. »

. . . .

Sur des tas effondrés d'une aride poussière
S'alignaient tristement de blanches croix de pierre
Que surmontait parfois un vacillant lambeau
De quelque fleur flétrie ou d'un ancien rameau.
Aucun sentier battu sur cette morne terre,
N'annonçait des vivants le passage ordinaire.
Oh ! c'était bien la mort, avec la nudité,
L'abandon et l'oubli..... Vanité, vanité
Des projets, des calculs, des gloires de ce monde !
De l'homme voilà donc la sagesse profonde !

Eh quoi, pendant deux ans, au sein des nations,
Tant de peur, de soucis, tant d'agitations!
L'Europe toute entière en éveil, en alarmes!
Cinq peuples à la fois entrechoquant leurs armes!
Ces troubles, ces conseils, ces combats, ces travaux!
Et pour en venir là... de peupler des tombeaux!...
Eh quoi, nous aurons vu notre vaillante armée
Par le fer, par le feu quatre fois décimée,
Comme Athènes, jadis, *en perdant son printemps,*
La France pleurera ses plus nobles enfants,
Saint-Arnaud, le martyr de la vertu stoïque,
Lourmel preux chevalier de la fière Armorique
Rivet, Breton, Saint-Pol et tant d'autres héros
Qu'hélas, ont engloutis et la terre et les flots,
Et la France, en retour de tous ces sacrifices,
N'aura que ses regrets, ses pleurs pour bénéfices!
      Soldats sous ces tertres épars,
Vous dont je foule ici les tombes désolées,
Si vos ombres parfois, dans les nuits étoilées,
Vont, d'un vol inquiet, errer près des remparts
Où se dressaient encore, hier, nos étendarts,
Qu'éprouvez-vous, ô morts, de cruelle souffrance,
En n'y trouvant plus rien qui rappelle la France?
Non, vous ne verrez plus flotter vos chers drapeaux...
Restez, ô morts, restez dans vos sombres tombeaux...
Hélas, pauvres martyrs de gloires éphémères,
Deviez-vous pour si peu, mourir loin de vos mères?...
. . . .

Abîmé de tristesse et l'amertume au cœur,
J'avais sur mes deux mains penché mon front rêveur;
Je ne sais quel délire alors remplit mon être...
Comme le jour mourant venait de disparaître,
Un doux frémissement, souffle mystérieux,
Tel le soupir lointain d'un luth mélodieux,
Tout près de moi courut. Un long jet de lumière
Éclaira le sommet des croix du cimetière.
Une femme parut... Jamais tant de beauté
Ne s'unit sur un front à tant de majesté.
D'une étoile de feu la flamme vive et pure
Inondait de reflets sa blonde chevelure
Qu'un cercle d'or pressait; la toge qu'autrefois
Pour vêtement portaient les filles des gaulois
De son sein chastement descendait jusqu'à terre,
Et son bras décrivant une courbe légère,
D'un long manteau d'azur retenait les grands plis
Où s'étoilaient en or *des abeilles, des lys.*
L'autre bras fièrement s'appuyait sur la lance
Qui porte les couleurs et l'aigle de la France.
Je la vis, par deux fois, sur les tombeaux épars
Promener lentement le deuil de ses regards
   Voilés par la tristesse,
Puis j'entendis sa voix dont la tendre caresse,
   En mots harmonieux,
Semblait vouloir bercer les douleurs de ces lieux.
Aux morts elle parlait de leurs sœurs, de leurs mères,

Tour à tour leur peignait ces images si chères,
Compagnes de l'exil : le clocher du hameau,
Les vergers tout en fleurs, l'étang, le vieux château,
Le bon aïeul assis au seuil de la chaumière,
Et les enfants, le soir, à genoux, en prière
Pour le grand frère absent dont, en vain, chaque jour,
Leur mère, en sanglotant, annonce le retour...
Mais la voix par degrés se faisant solennelle
Prit de mâles accents : « Soldats, s'écria-t-elle,
« Sur vous pourquoi pleurer? Pourquoi nommer Malheur
« Le coup qui vous frappa sur un grand champ d'honneur?
« A toute heure, en tous lieux, l'homme à la mort succombe,
« Sur le soir de ses jours ainsi qu'à leur matin.
« Qu'importe, un jour plus tôt, qu'il se couche en sa tombe,
  « Puisque mourir est le commun destin?...
« Mais si, du moins, il est, ici-bas, pour la gloire
  « Une immortalité,
« Qui, plus que vous, Soldats, a jamais mérité
« De voir son nom inscrit au temple de mémoire,
« De vivre radieux dans la postérité?
« Ne dites pas surtout que sur un champ stérile
« Votre sang a coulé pour une œuvre inutile.
« Soldats, lorsque mettant les armes dans vos mains,
« Je vous montrai du doigt ces rivages lointains,
« Que demandaient mes vœux à votre ardeur guerrière?
  « Est-ce les quelques murs de pierre
« Que vous avez conquis? Vous le savez, mes vœux

« Aspiraient vers un but plus grand, plus généreux.
« Ces vœux sont accomplis. Oui, la sainte justice
« Dont naguère on voulut fouler aux pieds les lois,
          « Grâces à l'œuvre expiatrice,
« A reconquis sa place au grand conseil des rois,
« Et c'est par vous, soldats, c'est par vous que la France,
« Reine des nations, y porte la balance
« Où du faible et du fort sont pesés tous les droits... » (1)

. . . .

Ici l'*esprit* se tut ; ses formes s'effacèrent
Et dans le vide immense, au loin se dissipèrent...

. . . .

Oh ! puisqu'ainsi les morts aiment le souvenir,
Ne les oublions point : Français, que nos pensées
Aillent revoir souvent les tombes délaissées
De ceux qui pour la France ont si bien su mourir.

(1) Ici se plaçait naturellement un développement plus grand
des avantages retirés de la guerre de Crimée par la civilisation
européenne, mais l'auteur a été arrêté par les limites qu'avait
posées l'Académie au nombre des vers qui devaient être sou-
mis à son jugement. Ce même motif a seul empêché l'hom-
mage si mérité que l'auteur eût été heureux de rendre aux
vertus d'honnête homme et de soldat déployées par le général
Canrobert dans son glorieux mais pénible commandement de
l'armée. C'est ainsi, également, qu'on n'a pas pu faire mention
du brillant épisode de la prise de Bomarsund, par le général
Baraguey-d'Hilliers, ni s'étendre sur les services rendus pendant la campagne, par la marine impériale.

Français, que nos regrets, pour ces nobles victimes
Que nos regrets surtout, surtout soient unanimes.
C'est déjà parmi nous trop de dissensions.
N'apportons pas ici l'esprit des factions;
Ou bien, craignons hélas! par notre indifférence,
De mériter l'affront de ce cri généreux
Que jetait tristement, dans des jours malheureux,
Le pauvre *Charles six*, secouant sa démence :
« CHACUN SONGE A SOI-MÊME ET PERSONNE A LA FRANCE! »

Paris. — Imp. Wiesener, rue Delaborde, 12.

PARIS

IMPRIMERIE DE WIESENER

RUE DE LABORDE, 12